¿Qué necesitan los vaqueros y las vaqueras?

Un vaquero necesita
un sombrero.

Una vaquera necesita
un sombrero también.

Un vaquero necesita un chaleco.
Una vaquera necesita un chaleco también.

Un vaquero necesita botas.
Una vaquera necesita botas también.

Un vaquero necesita cuerda.
Una vaquera necesita cuerda también.

¿Qué más necesitan?

¡Necesitan un caballo!
¡Arre!